Josef Plankl

Die unglaubliche Leichtigkeit des Lernens

Für meine Töchter Natalie und Cordula,

in der Hoffnung, dass sie ein
Bildungssystem vorfinden, das sie und ihre Kinder
die Faszination und Leichtigkeit des Lernens
spüren lässt.

Josef Plankl

Die unglaubliche Leichtigkeit des Lernens

Illustrationen von
Roswitha Heißenhuber

© 2008 Josef Plankl
Herstellung und Verlag: Books on Demand GmbH,
Norderstedt

ISBN-13   978 3 8370 1746 5

Ein Hauch von Leichtigkeit

Der Wind heulte durch die Nacht und trug einen Duft heran, der Timos Welt für immer verändern sollte. Mit offenen Augen lag Timo in seinem Bett und starrte in die Finsternis. Er suchte mit den Augen nach Halt in der Dunkelheit, aber er sah nichts. Nichts, woran er sich festhalten konnte. Wirre Gedanken schossen ihm durch den Kopf. Wie wird es ihm wohl ergehen, wenn er heute in die neue Schulklasse eintritt und ihn alle Schüler anstarren werden, als ob er ein außerirdisches Wesen wäre?

Der Umzug seiner Eltern brachte es mit sich, dass er aus seiner kleinen Heimatstadt in der Provinz herausgerissen wurde und die Schule wechseln musste. Mit der zehnten Klasse Gymnasium sollte für ihn ein neuer Lebensabschnitt beginnen. Obwohl er von seinen Eltern nur Gutes über die neue Schule gehört hatte, war ihm äußerst unbehaglich zumute bei dem Gedanken, in eine ihm gänzlich unbekannte Umgebung hineingeworfen zu werden. Jetzt, wo er sich in seiner alten Schule bereits einen festen Freundeskreis aufgebaut hatte und sich trotz seiner schmächtigen Statur gegen so manch raubeinigen Mitschüler erfolgreich zur Wehr setzen konnte.

Ihm war schleierhaft, was in den Köpfen dieser Typen vor sich ging, dass sie immer ihre Spielchen auf Kosten anderer machen müssen, anstatt mit offenen Augen die Herausforderungen ihres Lebens konstruktiv anzugehen und ihre Stärken zur Geltung zu bringen.

Er hasste nichts mehr als diese sinnlosen Aggressionen, die einige Mitschüler an den Tag legten. Würde dieser Kampf nun wieder von vorne beginnen? Er hatte schlichtweg Angst. Ohne starke Freunde würde es schwer werden, sich in einem Milieu von Angst und Gewalt, wie er es an seiner alten Schule leidvoll erfahren hatte, zu behaupten. Plötzlich konnte er doch etwas in der Dunkelheit ausmachen. Ein winzig schwacher Lichtschein fiel durch das gekippte Fenster auf sein Bettlaken. Es begann zu dämmern.

An diesem Morgen fiel ihm das Aufstehen sehr schwer. Nur mühsam schleppte er sich in das Badezimmer. Als der Wasserstrahl in der Dusche auf ihn herunterprasselte, meldeten sich zögernd seine Lebensgeister zurück. Nachdem er hastig sein Frühstück verschlungen und sich von seinen Eltern verabschiedet hatte, machte er sich auf den Weg zur Schule. Der schmale Pfad schlängelte sich durch eine Wohnsiedlung mit Einfamilien- und Reihenhäusern, bis sich schließlich hinter einer Wiese mit eingezäunter Pferdekoppel das Schulgebäude im gleißenden Sonnenlicht vor ihm erhob. Die Sonne strahlte und wollte die Menschen glauben machen, dass es noch Sommer wäre. Zwei junge Fohlen galoppierten auf der Wiese auf und ab, als wollten sie um die Wette laufen, um sich kurz darauf wieder zärtlich aneinander zu schmiegen. Vom angrenzenden Acker wehte der Wind ihm einen bekannten Duft in die Nase. Es roch nach verwelktem Kartoffellaub. Nahezu jeden Herbst half er seinen Eltern bei der Kartoffelernte. Der unverkennbare Geruch von Kartoffellaub und frischer Erde ließ ihn eine kurze Zeitreise in die Vergangenheit machen.

Er passierte einen kleinen Steg, der über einen Bachlauf zu einem mit pinkfarbenen Seerosen und hohem Schilf bewachsenen Teich führte. Das Plätschern des Wassers, der Farbenreichtum der Wildblumen und Wasserpflanzen und oben am Himmel das Trillern der Lerchen – das war die Natur, die er kannte und liebte. Er verspürte eine große Sehnsucht nach Harmonie. Das Geschrei von Schulkindern, die mit strahlenden Augen und freudiger Miene zur benachbarten Grundschule liefen, riss ihn abrupt aus seinen Gedanken wieder zurück in die Gegenwart.

Die blutroten Blätter des wilden Weins, der an der Schulfassade hinaufkletterte, hoben sich kontrastreich von der weißen Fassade ab. Der September brachte seine ganze Malkunst ins Spiel. Die Blätter des Weins bedeckten die gesamte Nordseite des Schulgebäudes mit Ausnahme der Eingangstür und einem aus Bronze gefertigten Buch, das über dem Eingang an der Wand befestigt war. Darauf stand in großen Buchstaben geschrieben:

"Non scholae, sed vitae discimus."

"Nicht für die Schule, sondern für das Leben lernen wir."

Dieser alte Spruch schien wohl das Motto der Schule zu sein. Timo kannte den Satz aus seinem Lateinunterricht. Allerdings hatte er bisher nur sehr selten das Gefühl, dass in der Schule diesem Leitbild entsprechend gelehrt und gelebt wurde.

Da stand er nun vor der übermächtigen Eingangstür der Schule, die einen neuen Lebensabschnitt für ihn einläuten sollte. Er hatte die Schulmappe über die Schulter gehängt und war mit leichter Jacke gekleidet. Seine langen braunen Haare verdeckten ein wenig den Blick auf seine großen, blauen Augen.

Nach kurzem Innehalten raffte er sich auf und öffnete die gläserne Eingangstür. Zögernd schritt er durch die weitläufig angelegte Aula hin zum Sekretariat und klopfte an die Tür.

Timos Mentor

Sogleich öffnete sich die Tür und eine junge Frau erschien am Eingang. Sie musste ihn wohl schon erwartet haben, da sie unvermittelt sagte:

» Ach, du bist Timo Meyer, nicht wahr? Du hast dich an unserer Schule für die Aufnahme in die zehnte Klasse beworben. Mein Name ist Katharina Schuster. Nenn mich einfach Kathi. Ich werde dich als Mentor bis zu deinem Abitur begleiten. Du kannst dich bei allen Fragen und Problemen, die du auf dem Herzen hast, an mich wenden. «

Sie hatte kurze blonde Haare und strahlte mit ihrer festen, klaren Stimme und ihrem fröhlichen Ausdruck innere Ruhe und Energie aus.

» Ich habe mich als deine Vertrauensperson beworben und schließlich, wie du siehst, das Mandat auch bekommen. Mir hat dein Bewerbungsschreiben sehr gut gefallen. Dieses Feedback möchte ich dir gleich zu Anfang geben, damit du weißt, dass ich dir gegenüber sehr positiv eingestellt bin. Mit anderen Worten, ich freue mich, dich an unserer Schule als Mentor begleiten zu können und ich bin jetzt schon gespannt darauf, wenn wir bei deiner Abiturfeier Resümee ziehen über dein Wirken an unserer Schule. «

Timo brachte fast kein Wort über die Lippen. So verunsichert war er noch. Dennoch war er sichtlich erleichtert und die innere Anspannung löste sich mehr und mehr in nichts auf. Ein verhaltenes Lächeln kam über sein Gesicht.

» Komm, lass uns in eins der Mentoren Zimmer gehen, damit wir uns erstmal in Ruhe unterhalten können. «

Sie gingen über die Aula zum sonnendurchfluteten Südostflügel des Schulgebäudes. An den Wänden hingen große Schaubilder mit bunten Motiven und Boulevardzeitung artigen Schlagzeilen.

» Schau dich um, das wird dein neues Reich für die nächsten drei Jahre bis zum Abitur sein. Du wirst dich sehr schnell wie zu Hause fühlen. Neben dem Regelunterricht, der in den drei Blöcken fachliche Bildung, Persönlichkeitsentwicklung und Allgemeinbildung stattfindet, steht bei uns Projektarbeit im Vordergrund. Hier an den Wänden siehst du die diversen Projektgruppen, die zur Auswahl stehen. Um nur einige zu nennen: *Entdecken/Erforschen/Erfinden, Kunstwerkstatt, Musik/Tanz/Theater, Kreatives Schreiben, Dialog der Kulturen* und *Self Science*. «

» Den Begriff *Self Science* habe ich noch nie gehört. Wozu soll das denn gut sein? «, fragte Timo.

» Hab bitte etwas Geduld! Du wirst sehr schnell sehen, wie wertvoll die Fähigkeiten sind, die du in dieser Projektgruppe kennenlernen wirst. Der Psychologe Daniel Goleman bezeichnet *Self Science* als Vorboten einer Idee, die an den Schulen Amerikas immer mehr Anklang findet.

Self Science ist die Gabe, seine eigenen Gefühle zu verstehen und zu kontrollieren. Diese Fähigkeit wird auch als emotionale Intelligenz bezeichnet. Da wir diese Fähigkeit als Basiskompetenz erachten, nehmen alle Schüler daran teil. Heute Abend bei dem Jahresanfangskonzert werden alle Projektgruppen vorgestellt. Wir nennen die Projektgruppen auch Kreativitätsgruppen, da das Ziel jedes Projektteams darin besteht, durch kreative Ideen eine Vision Realität werden zu lassen. Hinter jedem Projekt steckt eine Vision, die das Team anspornt und antreibt wie die Triebfeder das Pendel eines Uhrwerks. Im Laufe des Schuljahres wirst du verschiedene Kreativitätsgruppen näher kennenlernen, dich in den Themen vertiefen, in denen du deine Talente am besten zur Entfaltung bringen kannst, und die dir am meisten Spaß machen. Wenn ich dich jetzt frage, womit du dich am liebsten beschäftigst, was fällt dir spontan ein? «

Timo lehnte sich zurück, schaute kurz aus dem Fenster und antwortete:

» Mit Freunden gemeinsam Musik machen, Lesen und natürlich sportliche Aktivitäten, insbesondere Tischtennis spielen, das habe ich im Internat meiner alten Schule fast täglich gemacht. «

Katharina hatte seine spontane Reaktion fest im Blick, als er kurz überlegte und seine Antwort formulierte.

» Das hört sich schon mal gut an. Du hast bereits einige Talente in dir entdeckt und ich bin sicher, dass wir sehr bald noch mehr zu Tage befördern werden. Viele sind sich gar nicht bewusst, welchen

Schatz sie in sich tragen. Ich kenne Menschen, die haben die wunderbare Gabe zuzuhören. Sie können ganz lange bei alten und kranken Menschen sitzen und einfach geduldig zuhören. Es macht ihnen nichts aus, wenn sie die Geschichten alle schon beim letzten Besuch gehört haben. Eine wunderbare Fähigkeit. Sich selbst entdecken, den eigenen Reichtum erkennen, die Begabungen und Talente anerkennen und wertschätzen, das ist für viele von uns eine schwierige Aufgabe. Die Projektgruppen haben sich dafür hervorragend bewährt.

Die Schüler bearbeiten in Projektteams unterschiedliche Aufgaben, die den Bezug zur Anwendung der im Unterricht gelernten Theorie herstellen. Das Spektrum reicht von technischen Fragestellungen – wie zum Beispiel, mit welchen Maßnahmen wir die Energieeffizienz unserer Schule steigern können – bis hin zu künstlerischen Themen, bei denen es um die Gestaltung des Schulcampus oder die Inszenierung von Theateraufführungen in der Aula geht. Bei den Projekten achten wir darauf, dass Spaß und sinnliche Erfahrungen nicht zu kurz kommen, da positive Emotionen für den Lernerfolg und das Aufspüren von Talenten eminent wichtig sind.

In regelmäßigen Abständen wirst du den Projekt-fortschritt interessierten Mitschülern und Eltern sowie dem Leiter des Teams präsentieren. Dadurch gewinnt die Projektarbeit zusätzlich an Bedeutung als Mittel zur Motivation und Anerkennung deiner Leistung.

Im Laufe deiner Gymnasialzeit wirst du bei uns auch etwas sehr Kostbares, deine Lebensplanung, entwickeln. Als ich zehn Jahre alt war, sagte mein Vater zu mir:

„Auch durch dich soll ein Stück des Himmels leuchten auf dieser Welt."

Ob dir das, was du kannst, normal und eher ge-wöhnlich erscheint, oder ob du spürst, dass in dir ein besonders ausgefallenes Talent schlummert – wichtig ist, dass du daraus etwas machst! «

Timo saß immer noch mit dem Oberkörper weit nach hinten gelehnt auf seinem Stuhl und traute seinen Ohren nicht. Er hatte nun wirklich nicht erwartet, dass sich jemand um das Aufdecken und Fördern seiner Talente kümmern würde. Katharina bemerkte sein erstauntes Gesicht. Sie setzte aber ihre Ausführungen fort, ohne weiter auf sein ver-dutztes Äußeres einzugehen.

» In anderen Ländern gibt es bereits seit Jahren schon regulären Schulunterricht zu diesem Thema. Ich versichere dir, dass es dir nicht so ergehen wird wie Mark Twain, der einmal gesagt haben soll:

„My education startet the day I left school."

Unser Ziel ist es, dich bestmöglich auf dein Leben nach der Schule vorzubereiten. Um dieses Ziel zu erreichen, müssen wir als erstes erkennen, welche Dinge dir am meisten Spaß machen und wo du deine Stärken hast. Schreibe bitte bis morgen mindestens zehn Themen auf ein Blatt Papier, mit denen du dich am liebsten beschäftigst, angefangen von körperlichen Aktivitäten bis hin zu intellektuellen, spirituellen Themen.

Du wirst sehr schnell erkennen, dass sich das, was du gerne machst und dich innerlich antreibt, mit der Zeit ändert und immer weiter festigen wird, bis du schließlich eine klare Vision im Kopf hast, die dich dein Leben lang begleiten wird. Wir helfen dir bei der Umsetzung dieser Vision, solange du an unserer Schule bist.

Noch bevor du mit dem Abitur fertig bist, wirst du bereits Gespräche mit Universitäten und Firmen führen, die Interesse daran haben, dass du bei ihnen studierst oder arbeitest. Und falls du dich tatsächlich bereits nach dem Abitur selbständig machen willst, etwa auf Basis einer Erfindung im Rahmen der Arbeiten in einer der naturwissenschaftlichen Projektgruppen, wirst du auch das Handwerkszeug erlernen, das du brauchst, um eine Firma zu gründen. «

Die Projektgruppe

» Als nächstes schlage ich vor, dass du dir eine Projektgruppe aussuchst, in der du dich engagieren willst. «

Nach kurzem Überlegen antwortete Timo:

» Am stärksten reizt mich das Themenfeld *Entdecken/Erforschen/Erfinden.* «

» Ich habe mir fast gedacht, dass dich dieses Gebiet fasziniert. Der Leiter der Gruppe ist Joachim, ein begeisterter Forscher, den wir letztes Jahr für dieses innovative Schulprojekt gewinnen konnten. Joachim hat es in kurzer Zeit geschafft, das Projekt zu unserem größten Schulprojekt auszubauen. Der Andrang und die Begeisterung der Schüler sind groß. Dieses Projekt lässt Forscherherzen höher schlagen. Deshalb haben wir das Projekt in die Teilprojekte *Nanotechnologie, Medizin von Morgen* und *Zukunft Erde* strukturiert. Ich schlage vor, dass du anfangs in der Projektgruppe *Zukunft Erde* mitmachst. Die suchen händeringend Schüler, die etwas bewegen wollen, da sie sich sehr ehrgeizige Ziele gesetzt haben. Lass uns gleich in die Projektgruppe gehen. «

Sie betraten den Gruppenraum. Große Fensterfronten gaben den Blick über den nach Süden geöffneten, Campus-artig angelegten Innenhof auf den gegenüber liegenden Gebäudekomplex der Schule frei. Da kam auch schon Joachim auf sie zu.

» Darf ich dir Timo vorstellen. Heute ist sein erster Tag an unserer Schule. «

Joachim begrüßte ihn mit einem kräftigen Händedruck.

» Es freut mich, dass du dich bei uns engagieren willst. Wir brauchen motivierte Leute wie dich, die bereit sind, Verantwortung zu übernehmen und sich für die Umwelt auf unserem Planeten einzusetzen. «

Da Katharina einen anderen Termin hatte, verabschiedete sie sich von Timo mit den Worten.

» Wir sehen uns wieder heute Nachmittag um zwei Uhr im Projekt Self Science. Viel Spaß und bis später! «

» Bis nachher, und vielen Dank für alles! «, entgegnete Timo mit zögerlicher Stimme.

Nachdem binnen fünf Minuten noch weitere zehn Schüler gelassen und gut gelaunt hereinspaziert waren, bat Joachim um Ruhe und begann mit einer Vorstellungsrunde, da neben Timo auch einige andere Schüler neu zum Projekt dazugestoßen waren. Timo war ganz erstaunt über die bunte Mischung der Personen in der Gruppe, sechs Gymnasiasten, drei Berufsschüler, zwei Hauptschüler und ein junger Energiefachwirt der Gemeinde. Um sicherzustellen, dass alle gleich von Anfang an einem gemeinsamen Strang zogen, malte Joachim für die Gruppe ein Bild seiner Vision.

» Unser Ziel heißt Klimaschutz auf allen Ebenen, im Kleinen wie im Großen, soweit es unser Einflussbereich zulässt. Wir werden unsere ganze Kraft daran setzen, die Energieeffizienz zu optimieren, um dem Ziel näher zu kommen, unabhängig von globalen Anbietern zu sein, die ihre Energie von fossilen Rohstoffen beziehen. Nach einer Bestandsaufnahme der heutigen Energiesituation werden wir einen Fahrplan aufstellen mit klaren Verantwortlichkeiten für jeden einzelnen von uns, so dass jeder seinen Beitrag zum Gesamtziel genau kennt. Wie ihr vielleicht bereits in der Vorstellungsrunde bemerken konntet, haben wir unsere Gruppe sehr heterogen mit Talenten besetzt – von eher praktisch orientierten bis hin zu mehr theoretisch veranlagten Teammitgliedern. Genau das macht die Gruppe so wertvoll.

Matthias und Nicole, unsere Vordenker in Sachen Energietechnik, werden morgen die Grundprinzipien der Heizungs- und Energietechnik unserer Schule vorstellen – von der solarthermischen Warmwasserbereitung bis hin zur kontrollierten Raumbelüftung mit thermoaktiven Bauteilen. In den kommenden Wochen werden wir auf dieser Grundlage eine Vision entwickeln, wie wir den Betrieb der technischen Anlagen unserer Schule und anderen öffentlichen Gebäuden der Gemeinde optimieren können. Jeder von euch ist aufgefordert, sich aktiv mit Ideen einzubringen. Diskutiert bitte auch mit euren Eltern über dieses Thema. Ich freue mich über jede Anregung.

Natürlich können wir mit zwölf Personen unsere Vision nicht allein umsetzen, das wäre töricht zu glauben. Deshalb haben wir ein Netzwerk zu anderen Projektgruppen und auch zu Universitäten, privaten Forschungsinstituten und Firmen etabliert. Ihr müsst euch das so vorstellen, als wenn wir in unserer Schule eine kleine Firma mit verschiedenen Abteilungen wären. Jede Projektgruppe repräsentiert eine Abteilung und übernimmt Verantwortung für das Bild, das die Schule nach außen abgibt, und dafür, dass Schüler und Lehrer gemeinsam an einem Strang ziehen. «

Mit eigens erstellten Schaubildern, hinterlegt mit Informationen aus dem Internet, präsentierte Joachim seine Vision. Noch nie hatte Timo einen so charismatischen Menschen wie Joachim erlebt, der seine Vorstellungen so glaubhaft und anschaulich artikulierte. Katharina hatte nicht zuviel versprochen, als sie ihm von Joachim vorgeschwärmt hatte. Die zwei Stunden in der Projektgruppe vergingen wie im Flug. Dennoch war sein Blick mehrmals auf die zwei Plätze neben ihm sitzende Rosetta, die Tochter eines aus Bozen stammenden Ökowinzers, geschweift. Er glaubte, in ihren leuchtenden Augen und ihrem Mienenspiel während des Vortrags von Joachim eine ähnliche Begeisterung und Leidenschaft zu sehen wie bei ihm, die sich von Minute zu Minute steigerte. Auch schien es ihm, dass sie seinen Blick mehrmals erwiderte. Als Joachim seinen Vortrag mit einem eindringlichen Appell beendete, erhielt er spontan lautstarken Applaus von der Gruppe.

Die Mittagspause

Da Timo die Mittagspause nicht allein verbringen mochte, überwand er, emotional aufgewühlt durch den Vortrag von Joachim, seine Zurückhaltung und fragte Rosetta.

» Hast du Lust, gemeinsam zum Mittagessen zu gehen? «

» Gerne, ich muss nur noch kurz mit Joachim sprechen. Du kannst ja schon mal draußen vor der Tür warten. «

Etwa eine viertel Stunde später kam sie endlich. Timo dachte bereits, sie hätte ihn schon vergessen. Sie verabschiedete sich von Joachim und sagte:

» Danke, dass du auf mich gewartet hast. Komm, lass uns gehen. Heute gibt es gebratene Austernpilze, habe ich auf der Homepage des Schulintranets gesehen. Schon bei dem Gedanken läuft mir das Wasser im Munde zusammen. «

Animiert durch Rosettas Tipp wählte auch Timo die Austernpilze mit viel Petersilie und Salat.

» Schmeckt köstlich! «, ließ er nebenbei in die angeregte Unterhaltung mit Rosetta einfließen, als sie an einem kleinen Zweiertisch am Fenster saßen und genussvoll die Austernpilze verspeisten. Sie sprachen über Gott und die Welt. Sie erzählte, wie sie an die Schule kam, was sie von Joachim hielt und warum sie die Schule so toll fand. Begeistert erzählte sie ihm von ihren beiden Musiklehrern, bei denen sie Unterricht für Gitarre und Klavier nahm. Nach vorsichtigem Abtasten taute auch Timo langsam auf und ließ sich von der Leidenschaft, mit der Rosetta erzählte, anstecken. Vielleicht war es auch nur die Art und Weise ihrer Bewegungen, die Lebendigkeit ihres Gesichtsausdrucks oder das warme Lächeln ihrer Augen, das ihn tief im Innersten berührte. Er merkte, wie sich seine anfängliche Zurückhaltung förmlich in einen Redeschwall verwandelte, der ihn über sich selbst staunen ließ. In diesem Moment wurde ihm bewusst, dass er sich im Gespräch mit Rosetta in einer Weise öffnen konnte, wie er es bisher noch nie bei sich erlebt hatte. Wie war das möglich? Zumal er ja Rosetta noch kaum kannte. Er hatte das Gefühl, als ob sie sich bereits seit Jahren kennen würden. Mitten im Gespräch warf Rosetta plötzlich ein:

» Hast du Lust auf einen Espresso mit Tiramisu, nebenan in der Cafeteria? «

Im ersten Augenblick irritiert durch die abrupte Wendung des Gesprächs, antwortete er dennoch unvermittelt:

» Was sagst du da? Tiramisu in der Cafeteria hier an unserer Schule? «

» Um den Geist frisch und beweglich zu halten, muss auch für das leibliche Wohl gesorgt sein. «, antwortete Rosetta mit einem sanften Lächeln auf dem Gesicht. Ihre schwarzen Augen blitzten verschmitzt hinter den Haarsträhnen hervor, die ihr ins Gesicht hingen.

Sogleich standen sie auf, gaben ihre Tabletts ab und gingen hinüber zur Cafeteria, die auch einige Sitzplätze auf einer Terrasse im Freien bot. Rosetta setzte sich an einen freien Tisch direkt neben den mit Seerosen und Schilf bewachsenen Teich des Schulgartens. Timo holte unterdessen zwei Espresso und eine große Portion Tiramisu.

» Weißt du, dass die Cafeteria hier regelmäßig zu einem Erzählcafé umfunktioniert wird? Das Erzählcafé ist für alle Altersgruppen offen, von Grundschülern bis hin zu Bewohnern des nahe gelegenen Seniorenzentrums. Das Projektteam *Dialog der Kulturen* kümmert sich zusammen mit den Pastoralreferenten unserer Pfarrgemeinden um die Organisation. Mein Mentor hat mir empfohlen, dass ich nächste Woche am Freitag Nachmittag unbedingt hierher ins Erzählcafé gehen soll, da ich doch so viel Freude an guten Geschichten und Literatur habe. Ich würde mich sehr freuen, wenn du mitkommst. «

» Da rennst du bei mir offene Türen ein. Andere Länder und Kulturen haben mich schon immer fasziniert. Das lass ich mir nicht zweimal sagen. Ich komme sehr gerne mit. «, sagte Timo, ohne auch nur eine Sekunde zu zögern oder zu überlegen, ob er überhaupt Zeit hatte. Das würde sich schon irgendwie einrichten lassen. Da war er sich in seiner nahezu euphorischen Stimmung ganz sicher.

» Simon, mein Mentor, sagte mir, dass diesmal die saudische Schriftstellerin Rajaa Alsanea kommt und aus ihrem Buch „Die Girls von Riad" liest. Niemand verkörpert das Spannungsfeld zwischen neuer Frömmigkeit und Fortschrittssehnsucht strahlender als sie. Mit ihren fünfundzwanzig Jahren sieht sie sich als Botschafterin ihres Landes, als „Stimme einer Generation". Ich habe ihr Buch gelesen, aber noch nie die Gelegenheit gehabt, sie live zu erleben. Oh, es ist ja schon fast zwei Uhr. Wir sollten in unsere Projektgruppen aufbrechen. Ich will auf keinen Fall mein Projektteam warten lassen. Am besten wir treffen uns heute Abend so gegen sechs Uhr am Brunnen auf dem Schulcampus, um danach gemeinsam ins Konzert gehen zu können. Ciao! «

» Ok, bis später, ich freue mich. «, entgegnete Timo.

Schulung der Gefühle

Auch Timo machte sich auf den Weg zu seiner Projektgruppe *Self Science*, zu der ihn Katharina eingeteilt hatte. Er freute sich, Katharina wiederzusehen, die die Leitung der Gruppe innehatte. Erst später sollte Timo klar werden, dass Katharina für alle Schüler dieser Projektgruppe die Mentor Rolle übernommen hatte. Sie verzichtete auf eine Vorstellungsrunde und begann stattdessen mit einem Kennenlernspiel. Jeder der zwanzig im Kreis stehenden Schüler sagte nur seinen Vornamen. Dann warf Katharina drei Bälle in die Runde und jeder, der einem anderen den Ball zuwarf, musste dessen Namen nennen. Es dauerte nicht lange, dann kannte jeder sein Gegenüber mit Vornamen. In der Zwischenzeit hatte Katharina den Projektor aufgebaut und mit ihrem Laptop verbunden. Sie bat um Ruhe und begann, ohne große Worte zu machen, zwei Videoclips abzuspielen. Im ersten Film waren Szenen aus einem Fußballspiel zu sehen. Für die Fußballfans war sofort klar, um welches Spiel es sich handelte. Italien gegen Frankreich bei der WM 2006 in Deutschland mit der sogenannten Zidane-Szene. Gleich darauf spulte sie den zweiten Film ab. Totaler Szenenwechsel. Eine Talkshow zum Thema Integrationspolitik mit einer Frau als

Moderatorin. Der Film zeigte eine sehr kontrovers geführte Diskussion, in der sich die Teilnehmer gegenseitig angriffen und beschuldigten, um sich im nächsten Satz wieder für ihr eigenes Verhalten zu rechtfertigen. Es war ein regelrechter Schlagabtausch mit scharfen Attacken, die nicht selten unter die Gürtellinie gingen. Emotionen kochten hoch und die Moderatorin hatte alle Hände voll zu tun, um die Diskussion unter Kontrolle zu halten. Unterdessen beobachtete Katharina die Reaktionen der Schüler und saß schweigsam im Hintergrund. Timo rätselte, worauf sie wohl hinaus wollte mit diesen beiden Videoclips. Erst als Katharina merkte, dass die Konzentration der Schüler nachließ, stoppte sie den Film und ging nach vorne, um die Gesichter und Mienenspiele ihrer Schüler sehen zu können. Schließlich fragte sie in die Runde:

» Welches Verhalten der Figuren in den beiden Filmen habt ihr wahrgenommen und wie erklärt ihr euch dieses Verhalten? «

Sofort entwickelte sich eine lebhafte Diskussion. Es schien, als ob jeder den anderen mit seiner Wahrnehmung übertreffen wollte. Katharina sorgte dafür, dass alle ihre Sicht darstellen konnten. Auch Timo, der den ganzen Ablauf etwas im Hintergrund verfolgte, konnte seine Interpretation vorbringen.

Für Katharina war das Ziel dieser Übung, einen ersten Eindruck zu gewinnen, inwieweit jeder Einzelne in der Gruppe in der Lage war, die Gefühle anderer zu durchschauen und richtig zu deuten. Auf den ersten Blick konnte die kleine, zerbrechlich wirkende Rebecca dem flüchtigen Beobachter wohl eher als ein Mauerblümchen in der geselligen Runde erscheinen. Sie beteiligte sich nur zögernd an dem Kennenlernspiel und hielt sich lieber etwas versteckt in zweiter Reihe. Doch in Wahrheit war Rebecca eine genaue Beobachterin mit außergewöhnlichen Analysefähigkeiten, Scharfsinn und Humor. Sie beschrieb die Gefühle und das Verhalten der im Video gezeigten Figuren mit einer Klarheit und Präzision, dass selbst Katharina nichts mehr hinzuzufügen hatte. Nachdem sie die Diskussion einige Minuten frei laufen ließ, unterbrach Katharina mit den Worten:

» Großes Kompliment an euch! Ich hätte nicht gedacht, dass ihr ohne mein Zutun eine so tiefgehende Diskussion zustande bringt. Die beiden Videosequenzen habe ich euch gezeigt, damit ihr erkennt, wie enorm wichtig es in jedem Lebensbereich ist, die Gefühle anderer zu durchschauen und mit ihnen umzugehen zu wissen – seien es Liebesaffären und intime Beziehungen, oder sei es die Erfassung ungeschriebener Regeln, die ihr beherrschen müsst, damit ihr euch in Organisationen durchsetzen könnt. Emotional geschickte Menschen werden auch im eigenen Privatleben eher zufrieden und erfolgreich sein. In beiden Szenen habt ihr gesehen, wie wichtig eine gewisse Kontrolle über das eigene Gefühlsleben ist. Wer keine Kontrolle über seine Gefühle hat, muss innere Kämpfe ausfechten, die seine Fähigkeit zu konzentrierter Arbeit und klarem Denken sabotieren. Bevor ich euch nun in die Pause entlasse, möchte ich euch noch ein paar wichtige Prinzipien und Grundregeln für unsere Gruppe näher bringen. Alles, was in diesem Raum gesagt wird, bleibt in diesem Raum. Mit anderen Worten, private Dinge, die euch hier anvertraut werden, dürft ihr nicht weiter erzählen. Das ist unser oberstes Prinzip. Andererseits soll diese Gruppe für jeden von euch ein Forum darstellen, in dem ihr eure Probleme, Wünsche und Hoffnungen artikulieren könnt.

Damit verfolgen wir das Ziel, dass niemand bei wichtigen Anliegen alleine gelassen wird, sondern dass jeder von euch zu jeder Zeit einen oder mehrere Mitschüler aus unserer *Self Science* Gruppe ansprechen kann, wenn er etwas auf dem Herzen hat und Rat braucht. Jeder von uns ist sozusagen Coach für alle anderen. «

Zum Abschluss verteilte Katharina den Stundenplan zusammen mit dem Raumplan der Schule. Im Stundenplan waren neben den regulären Unterrichtsstunden auch die Projektstunden aufgeführt.

» Bevor ihr aufbrecht möchte ich euch noch das Jahresanfangskonzert ans Herz legen. Geht bitte rechtzeitig hin, damit ihr gute Plätze erhaltet und in den Genuss der Stimmung in der Aula kommt. «

Mit diesen Worten beendete sie die Projektstunde und entließ die Schüler.

Timo schlenderte in Gedanken versunken über den Innenhof der Schule auf die angrenzende Wiese neben dem Teich. Da ihn plötzlich eine unerwartete Müdigkeit mit leichtem Schwindelgefühl überkam, setzte er sich unter einen Schatten spendenden Baum auf die mit Wildblumen übersäte

Wiese, legte seinen Kopf auf die Schultasche und schloss die Augen. Nach einer kurzen Pause würde er sich wieder besser fühlen. Plötzlich wurde er aus seinen Tagträumen gerissen. Ihm war als ob ihm jemand einen Tritt gegen den linken Unterschenkel gegeben hätte. Erschrocken zuckte er zusammen und fuhr mit dem Oberkörper hoch, als er einen ihm unbekannten Schüler direkt neben sich stehen sah.

» Hey, seht mal. Unser Neuer hat es sich schon bequem gemacht. Kaum ist er den ersten Tag in der Schule, lümmelt er auch schon auf unserer Wiese herum. Komm, lass uns mal ein kleines Spielchen machen, damit wir sehen, ob du für unsere Gruppe geeignet bist. «

Ein kalter Schauder überrieselte ihn. Seine Befürchtungen der letzten Nacht schienen sich nun doch zu bewahrheiten. Entsetzen fuhr ihm in die Glieder.

» Wieso soll ich da mitmachen? «, fragte er mit zitternder Stimme.

» Entweder du machst jetzt dieses kleine Testspielchen mit uns – man könnte es auch als Geschicklichkeitsspiel bezeichnen – und hast damit die Chance, als passives Mitglied den uneingeschränkten Schutz unserer Gruppe zu genießen, oder du bist dazu nicht bereit und musst als Konsequenz eben mit der ein oder anderen Unannehmlichkeit im Schulalltag rechnen. «

» Kein Interesse, lasst mich bitte in Ruhe! «

33

Unbemerkt zog ihm eine andere Person die Schultasche weg und machte sich daran, sie zu öffnen.

» Oh, was haben wir denn da? Ein nagelneues Handy. «

» Lass den Quatsch, gib das sofort her! «, rief Timo voller Aufregung und mit hochrotem Kopf.

Plötzlich hörte er eine vertraute Stimme. Er drehte blitzartig den Kopf herum und riss die Augen weit auf, um sie im nächsten Moment – geblendet von der grellen Sonne – sofort wieder zu schließen. Und wieder schlug er die Augen auf. Er lag in der prallen Sonne. Jetzt konnte er sie erkennen, es war Rosetta, die sich auf ihn hinunter beugte und ihm sanft über die Haare strich. Der Puls beruhigte sich zusehends, und das Blut strömte wieder gleichmäßig durch Kopf und Glieder.

» Hallo Timo, hast du einen Albtraum gehabt? Du wirkst so angespannt. Ist alles in Ordnung mit dir? «, fragte sie besorgt.

» Danke, alles ok mit mir. Ich bin anscheinend eingeschlafen und habe fast zwei Stunden hier auf der Wiese gepennt. Die Sonne steht schon tief im Westen. Als ich ankam, war hier unter dem Baum noch Schatten. «

» Darf ich dir Johanna vorstellen. Sie ist auch neu in unserer Schule. Sie war heute Vormittag in der Gruppe *Medizin von Morgen*. Da dich dieses Thema interessiert, dachte ich, ihr solltet euch kennenlernen. Jetzt sollten wir uns aber auf den Weg zum Konzert machen, um noch gute Plätze zu ergattern. Kommt, lasst uns gehen. «

Das Konzert

Auf den Plakaten, die an der Eingangstür der Schule und an den öffentlichen Gebäuden des Ortes angebracht waren, wurde für abends um acht Uhr das Konzert „Visions for a better world" angekündigt. Eintritt frei. Um einen guten Platz zu bekommen, machten sich Timo, Rosetta und Johanna bereits um sieben Uhr auf den Weg in die Aula. Die zum Konzertsaal umfunktionierte Aula füllte sich rasch. Eine halbe Stunde später waren nur noch vereinzelt Plätze im Saal frei.

Aufgrund des schönen Wetters waren auch die nach Süden ausgerichteten, großen Flügeltüren geöffnet, die den Blick vom Saal aus über den Schulcampus schweifen ließen. Dadurch ließ sich das Auditorium um Sitzplätze im Freien erweitern, was dem Konzert nahezu den Charakter und die Stimmung einer Open Air Veranstaltung verlieh. Die meisten der jüngeren Gäste waren nicht konzertmäßig gekleidet, sondern eher wie an einem Sommertag, den man im Freien verbringt: die Mädchen in lichten Kleidern und die Jungs in kurzen Hemden und Jeans. Auch einige Kinder im Grundschulalter hatten sich im Saal zusammen mit ihren Eltern und älteren Geschwistern eingefunden. Die Damen trugen zumeist leichte Abendgarderobe und die Männer kleinstädtisch geschnittene Anzüge mit Krawatte.

Auch die Bühne füllte sich allmählich mit Geigern, Cellisten, Bläsern und Schlagzeugern. Links und rechts neben der Haupttribüne hingen großformatige Bilder, die über lange Seile an der Decke befestigt waren. Über den Kunstwerken waren in großen Buchstaben Texte – entlehnt aus dem Buch „Der kreative Funke" von Alexander Jeanmaire – zu lesen: „SIE ist manchmal richtig aufdringlich und lässt einen mit ihren Ideen und Einfällen nicht in Ruhe" und „SIE öffnet Türen, die ohne SIE nicht einmal erkennbar wären."

Als der Zeiger der Uhr, die hinter der Bühne oberhalb des Eingangs thronte, die in römischer Schrift gestaltete Acht überschritt, trat mit ruhigem Gang und konzentrierter Miene eine zierliche junge Dame mit Blondhaarschopf und langem roten Kleid auf das Podium. Rosetta flüsterte Timo ins Ohr:

» Das ist die Dirigentin Lisa-Marie Talin. Sie spielt auch Saxophon und leitet die Projektgruppe *Musik/Tanz/Theater*. «

Sie stellte sich vor das Dirigentenpult, blickte ins Publikum und verneigte sich. Auch die Mitwirkenden des Schulorchesters im Hintergrund erhoben sich von ihren Stühlen. Applaus setzte ein und verebbte erst, als sich Lisa-Marie dem Orchester zuwandte. Sie wartete bis vollkommene Ruhe im Saal einkehrte. Von draußen war vereinzelt noch Vogelgezwitscher zu hören. Um Spannung und Überraschungsmomente aufkommen zu lassen, hatte das Projektteam, das für die Organisation des Konzerts zuständig war, diesmal das Programm im Voraus nicht bekannt gegeben. Für diejenigen, die das Stück nicht kannten, war auf einer Leinwand über der Bühne in großen Buchstaben zu lesen: „Sinfonie Nr. 9 e-Moll, op. 95, Aus der Neuen Welt" von Antonin Dvorák.

Timo war fasziniert und sichtlich ergriffen von der archaisch schlichten Pentatonik im Englischhorn-Solo. Er schloss die Augen, als ein warmer Schauder über seinen Rücken rieselte und ihn unwillkürlich tief durchatmen ließ. Nach dem tosenden Applaus des Publikums trat der Direktor der Schule auf die Bühne und bat um Ruhe.

» Sehr verehrte Gäste, liebe Schüler, es freut mich sehr, dass wir wieder ein volles Haus haben bei unserem Jahresanfangskonzert. Ich verspreche Ihnen, dass Sie es nicht bereuen werden, diesen Abend hier in unserer Schule zu verbringen. Ich hoffe, dass auch die Zuhörer im Schulhof noch die Begeisterung und Lebensfreude spüren können, mit der die Mitwirkenden hier zu Werke gehen. Das Konzert heute Abend steht unter dem Motto „Visions for a better world". Das Konzert ist zugleich eine große Kennenlernparty, in der jedes Musikstück ein Projekt unserer Schule vorstellt. Jedes dieser Projekte verfolgt eine konkrete Vision, wie wir unsere Welt lebenswerter machen können. Zunächst aber möchte ich der Projektgruppe *Musik/Tanz/Theater* für die tolle Organisation, unserer Katharina Schuster für ihre Bilder, die sie hier in der Aula mit ihrer Projektgruppe *Kunst*-

werkstatt für das Konzert bereitgestellt hat, und nicht zuletzt den aktiven Musikern für ihr Engagement bei den Konzertvorbereitungen sehr herzlich danken. Lassen Sie sich von der Musik und den Bildern inspirieren. Die Bilder und Texte von Katharina laden Sie ein, herauszufinden, wer *SIE* ist. Es wird Ihnen sicherlich nicht schwer fallen, dieses Rätsel zu lösen. Gesucht wird das Band, das all unser Tun und Wirken an der Schule verbindet.

Als Auftakt des heutigen Konzertabends hörten Sie soeben die neunte Sinfonie des tschechischen Komponisten Antonin Dvorák. Insbesondere das Adagio des zweiten Satzes dieser Sinfonie soll uns mit den indianisch angehauchten Klängen daran erinnern, dass wir unsere Erde nur auf Zeit gepachtet haben und dass wir dafür verantwortlich sind, sie unversehrt an unsere Kinder weiterzugeben. Dieses Selbstverständnis, das im indianischen Gedankengut tief verwurzelt ist, in uns allen zu wecken, liegt uns sehr am Herzen und wir tun alles, was in unserer Macht steht, um dieses Ziel zu erreichen. Bevor wir nun das Orchester bitten, die „Morgenstimmung" von Edvard Grieg anzustimmen, möchte ich Ihnen eine kurze Anekdote erzählen. Dieses Stück erinnert mich an eine Begebenheit, die sich vor vielen Jahren zutrug, als ich mit meiner Tochter, die damals fünf Jahre alt war, frühmorgens einen Fahrradausflug machte. Unser Ziel war eine kleine Kapelle, die an zwei sich kreuzenden Feldwegen frei auf weiter Flur stand. Die Erinnerung daran kreist immer noch sehr lebendig in meinem Kopf herum. Wir setzten uns auf eine Holzbank neben der Kapelle mit Blick auf die Felder und unser Dorf im Hintergrund. Zunächst lauschten wir nur den Melodien der Vögel, bis wir schließlich den Kassettenrekorder einschalteten, um die „Morgenstimmung" von Edvard Grieg aus der Suite Nr. 1 der Peer Gynt Schauspielmusik nach dem gleichnamigen Roman von Henrik Ibsen anzustimmen. Meine Tochter saß ganz ruhig neben mir, und alsbald begannen ihre weit geöffneten Augen zu leuchten. Bereits am Vorabend hatte sie sich riesig gefreut, dass wir am nächsten Morgen früh aufstehen und den Sonnenaufgang mit Musik aus ihrem Kassetten Rekorder erleben sollten.

„Hörst du das Papa, die Vögel singen mit!", flüsterte sie mir leise zu, um die Vögel bei ihrem Gesang nicht zu stören. Und tatsächlich, auch ich hatte das Gefühl, dass die Vögel, die aus ihrem Schlaf längst erwacht waren, plötzlich ihre Stimmen veränderten und der Musik anpassten. Offenbarte sich da vielleicht ein Talent meiner Tochter, das ich fördern sollte? Leben heißt wachsen, sich entfalten wie ein Schmetterling. Um die Talente eines Menschen zur Entfaltung bringen zu können, bedarf es einer individuellen Förderung. Noch vor wenigen Jahren gab es heftige Diskussionen, in denen reformwillige Akteure forderten, dass die Schule keine reine Wissensvermittlungsanstalt, sondern ein Lebensraum ist, in dem vielmehr Kompetenzen individuell entwickelt werden sollten. Aber wer wollte das damals schon?

Junge Menschen durch komplexe Lernsituationen zur Verwirklichung ihrer Individualität anzuregen, ist eine Leitlinie im Entwicklungsplan unserer Schule. Damit wollen wir unserem Ziel näher kommen, aus kleinen Menschen große Persönlichkeiten zu machen. In diesem Prozess spielt die emotionale Komponente des Lernens eine bedeutsame Rolle, da ohne sie Lernen nicht stattfinden kann.

Auch zu Lebzeiten Edvard Griegs war die individuelle Förderung noch sehr dem Zufall überlassen. Ab dem sechsten Lebensjahr erhielt er von der Mutter regelmäßigen Klavierunterricht. Sie trat im norwegischen Bergen mit Erfolg als Pianistin und Dichterin auf und war eine angesehene Klavierlehrerin der Stadt. Mit neun Jahren begann er erste eigene Kompositionen zu entwerfen. Seine Schulzeit verlief eher ungünstig. Nach der Grundschule absolvierte er eine auf Neuen Sprachen, Mathematik und Naturwissenschaften ausgerichtete Realschule, welche dem künstlerisch-musikalisch veranlagten Edvard weniger entgegen kam. Seinem Interesse an Musik und Komposition begegneten die Lehrer teilweise mit Spott und Zynismus. Einen Lehrer aus seiner Schulzeit im Jahre 1903 charakterisierte er mit den Worten: „Seine Rauheit, seine Kälte, sein Materialismus – alles das war für meine Natur so abschreckend".

Aufgrund dessen musste er die sogar dritte Klasse wiederholen. Seit dieser Zeit hat sich unsere Gesellschaft sehr verändert. Die Situation an unseren Schulen hat sich allerdings im Hinblick auf die Förderung der individuellen Stärken der Schüler erst in den letzten Jahren in kleinen Schritten verbessert.

Nun will ich Ihnen aber die „Morgenstimmung" nicht länger vorenthalten. Genießen Sie diese phantastische Komposition, mit der wir den Startpunkt für dieses Schuljahr setzen wollen, genauso wie uns die Sonne jeden Morgen einen neuen Tag schenkt. «

Es war fast so still im Saal, dass man einen Bleistift hätte fallen hören, als die Streicher leise zu spielen begannen. Vogelgesang gesellte sich zur Musik. Zeitgleich erhob sich auf einer großen Projektionsfläche im Hintergrund über der Bühne ein roter Ball, der sich immer weiter in die Bildfläche schob, bis er schließlich – die ganze Leinwand ausfüllend – vollständig zu sehen war. Die Sonne war aufgegangen. Die Bögen der Streicher bewegten sich auf und ab in einem Höllentempo wie von Geisterhand gesteuert. Die Vögel schienen sich plötzlich ganz aufgeregt zu unterhalten und pusteten laute, schrille Tonsequenzen aus ihren Kehlen. Als Timo für ein paar Sekunden die Augen schloss, tauchten in seiner Vorstellung kreischende Möwen auf, die sich über dem Meer – wild umher schwirrend – um einen zappelnden Fisch zankten. Bis zu dem Moment des Sonnenaufgangs steigerten sich Lautstärke und Dynamik des Orchesters kontinuierlich, um nach einem fulminanten Feuerwerk rhythmischer Töne mit einer erstaunlichen Leichtigkeit wieder in ruhigeres Gewässer hinüber zu gleiten.

Nachdem der Beifall abgeflaut war, schloss sich der schwarze Vorhang vor der Bühne und Joachim betrat das Podium. Im gleichen Augenblick flüsterte Rosetta Timo ins Ohr: » Ich muss dich mal für kurze Zeit verlassen. Wir sehen uns später. «

Sie erhob sich von ihrem Platz und verschwand seitlich hinter der Bühne. Die Geräusche, die aus dem Bereich hinter dem Vorhang drangen, ließen darauf schließen, dass auf der Bühne rege Umbauten im Gange waren. Joachim war mit einer hellen Jeans und einem grünen Hemd bekleidet. Nachdem er mit schnellen Bewegungen die Bühne betreten hatte, begann er ein auf beiden Seiten bedrucktes Transparent auszurollen und mit ausgestreckten Händen über seinem Kopf hochzuhalten. Bei denjenigen Gästen, die ihn nicht kannten, musste wohl der Eindruck entstanden sein, dass hier eine Person das Schulkonzert als Podium für eine Demonstration missbrauchen wollte. Auf dem Plakat waren Textausschnitte aus dem Buch „An Inconvenient Truth" von Al Gore zu lesen:

„In 2000 it rained in Antarctica. 2005 was the hottest year record. The climate crisis can be solved if we wake up now!"

Er schwenkte das Plakat nach allen Seiten und rief in das Publikum:

» Let's wake up, it's time for a change. Es ist fünf vor zwölf, um dem Klimawandel entgegenzusteuern. Machen Sie mit, Sie werden es nicht bereuen. Im Gegenteil, Sie werden Menschen mit positiver Lebenseinstellung kennenlernen, die auch Ihr Leben bereichern. Lassen Sie sich inspirieren und mitreißen von der Stimme und dem rockigen Gitarren-Sound von Rosetta mit dem Lied „I need to wake up" von Melissa Etheridge. «

Der Vorhang ging auf und eine Frau betrat die Bühne. Timo hätte sie fast nicht wieder erkannt. Es war Rosetta, die mit ihrer Persönlichkeit im Nu den Raum auf der Bühne füllte.

Im Hintergrund flammten im Stakkato Bildsequenzen von rauchenden Fabrikschloten, brennenden Urwäldern und schmelzenden Gletschern auf. Als Rosetta zu dem Lied ansetzte, ihre kraftvolle, Raum füllende Stimme mit den zunächst noch weichen Gitarrenklängen verwob, hatte sie bereits die Herzen der Zuschauer erobert. Mit ihrer beschwingten Stimme und ihrer authentischen Ausstrahlung übertrug sie einen Hauch von Hoffnung, dass wir dem Klimawandel noch entgegen wirken können, auch wenn viele Verantwortliche immer noch die Augen verschließen und den Kopf in den Sand stecken.

Die übrigen Gruppen der Schule setzten jeweils entsprechend ihrer Themen und Projektziele eigene Akzente in musikalischer und künstlerischer Darbietung. Timo hatte das Gefühl, dass jede Gruppe die anderen mit ihrem Auftritt zu übertreffen versuchte.

„Cancion de cuna", ein melancholisches Stück von Leo Brouwer, das vom Team *Musik/Tanz/Theater* ausgewählt wurde, faszinierte Timo vor allem aufgrund der natürlichen Harmonie der Melodie mit den grazilen Bewegungen der Tänzer, die mit ihren Ballettschuhen leichtfüßig um eine Wiege kreisten, die sich vor dem Orchester inmitten der Tanzgruppe befand. Die Tänzer streckten immer dann, wenn sie nahe genug an der Wiege waren, ihre Arme dem Kind in der Wiege entgegen und hielten ihre ausgebreiteten Hände wie einen Schutzschild über das Kind. Mit dieser tänzerischen Darbietung zum Wiegenlied von Leo Brouwer ging es in die Pause.

Die meisten Gäste nutzten die Gelegenheit, um auf dem Schulcampus die laue Spätsommernacht auf sich einwirken zu lassen. Auch Timo ging mit Rosetta und Johanna ins Freie, um nach dem emotional aufwühlenden Konzerterlebnis die frische, nach Blauregen duftende Abendluft zu genießen. Kurz vor Anfang des zweiten Teils des Konzerts entschuldigte sich Rosetta und sagte zu Timo, dass er nach Ende der Pause nicht auf sie warten solle. Da Timo wusste, dass Johanna am Projekt *Medizin von Morgen* teilnahm, fragte er sie:

» Wie hat dir denn heute die Projektgruppe *Medizin von Morgen* gefallen? «

» Ich kann dir gar nicht sagen, wie gespannt ich auf die nächste Projektstunde bin. Die Leiterin der Gruppe hat ein aktuelles Forschungsthema über das Zusammenspiel von Ernährung und Genen präsentiert. Die zentrale Frage ist, mit welchen Nahrungsmitteln der körpereigene Stoffwechsel optimiert werden kann. Diese Forschungsarbeiten tragen zu einem grundlegenden Verständnis der Entstehung von Krankheiten bei. «

» Das klingt revolutionär, da muss ich auch mal hinein schnuppern. «, entgegnete Timo.

Nachdem sie ihr Glas Sekt getrunken hatten, begaben sich Timo und Johanna wieder auf ihre Plätze in der Aula. Der Saal füllte sich rasch und die Zuhörer warteten gespannt, welche Überraschungen wohl nach der Pause kommen würden.

Timo saß auf seinem Stuhl, zwei Plätze weiter saß Johanna, der Stuhl zwischen ihnen war leer. Wo blieb denn nur Rosetta? Der Vorhang öffnete sich und … Timo traute seinen Augen nicht. Wieder betrat Rosetta die Bühne, eine Ballerinafigur mit lindgrünem Seidenkleid. Ihre langen schwarzen Haare fielen weit über ihren Rücken hinab. Nach kurzer Verneigung setzte sie sich auf den Stuhl vor dem schwarzen Flügel, dem Stolz aller Pianisten der Schule. Auf der Projektionsfläche im Hintergrund stand geschrieben: „Étude No 3 in E major, Op. 10, No 3" von Frederic Chopin – stellvertretend für alle Self Science Teams unserer Schule.

Chopins Etüden sind allesamt titanische Experimente, die die Grenzen des technisch Machbaren erkunden, ohne dabei das Feingefühl zu verlieren. Soviel hatte ihn Rosetta schon wissen lassen, als sie ihm von Chopin im Café vorschwärmte. Als sie die ersten Takte gefühlvoll zu spielen begann, erinnerte er sich wieder an die Worte von ihr.

"Das Klavier ist mein zweites Ich."

Diese Worte hatte sie von ihrem musikalischen Vorbild, Frederic Chopin, übernommen. Nach etwa zwei Minuten steigerte sie plötzlich die Dynamik, mit der sie die Tasten anschlug. Feurigen Attacken gleich hämmerte sie auf die Tasten ein, um sie im nächsten Augenblick wieder sanft an ihren Anschlag zu drücken. Timo glaubte an ihrem verzückten Gesichtsausdruck, den Bewegungen ihres Kopfes und ihres Körpers zu erkennen, was sich in ihr abspielte. Jetzt glaubte er zu verstehen, was Rosetta mit den Worten, "Das Klavier ist mein zweites Ich.", meinte.

Er hatte dieses Stück bereits mehrmals gehört, aber noch nie war es ihm so nahe gegangen. Als Rosetta aufstand, um sich vor dem Publikum zu verneigen, prasselte frenetischer Beifall von den applaudierenden Zuhörern auf sie herab. Und das nicht zuletzt wegen ihres Mienenspiels, mal lächelnd, mal streng und ängstlich blickend, mit dem sie das Publikum gleichsam an das Stück fesselte, wie ein Schauspieler die Zuschauer in einem aufwühlenden Drama. Ihre musikalische Interpretation des Klavierstücks verband sie mit einer mimisch theatralischen Umsetzung der Komposition von Chopin. Timo war so ergriffen von Rosettas Vorstellung, dass er sich unauffällig eine Träne von der Wange wischen musste. Als sie wieder neben ihm Platz nahm, konnte er nicht umhin als zärtlich mit der Hand über ihre Wange zu streichen, da er keine Worte über seine Lippen brachte. Am liebsten hätte er sie vor allen Leuten umarmt. Aber soviel Mut brachte er dann doch nicht auf. Für ihn war das der Höhepunkt des Konzerts. Er war nicht mehr in der Lage, die folgenden Stücke in derselben Intensität wahrzunehmen.

Als Abschluss des Konzertabends trat der Schulchor mit dem Gospel-Song „Oh Happy Day" auf.

Nach der Solo-Ouvertüre von Vanessa Hörmann kamen auch alle anderen Akteure des Konzertabends auf die Bühne und gaben mit voller Kehle ihre Stimmen zum Besten. Es dauerte nicht lange bis sich auch die Zuschauer im Auditorium von ihren Stühlen erhoben und mitzusingen begannen. Der ganze Saal brodelte vor Begeisterung. Sogar die ruhigeren und eher introvertierten Gäste gingen aus sich heraus.

» So ein mitreißendes und bewegendes Konzert habe ich noch nie erlebt! «, sagte Timo, als er zusammen mit Rosetta den Saal verließ.

» Du siehst, ich habe dir nicht zuviel versprochen. Dieses Konzert war auch letztes Jahr ein Höhepunkt des Schuljahres. «

Allmählich leerte sich die Aula. Der Enthusiasmus, den das Konzert entfacht hatte, lag allerdings immer noch in der Luft. Das war an den Gesichtern und lebhaften Gesten der Gäste abzulesen. Mit einem schlichten » Ciao und gute Nacht « verabschiedeten sich Timo und Rosetta und machten sich auf den Heimweg.

Timo lag ihm Bett und ließ den Tag Revue passieren. Innerlich aufgewühlt von den Ereignissen des Tages, den Gesprächen mit seiner Mentorin Katharina und seiner Mitschülerin Rosetta. Er hatte das Gefühl, dass er Rosetta bereits viele Jahre kennen würde, obwohl er nur ein paar Stunden mit ihr zusammen war. In dieser kurzen Zeit hatten sie so viele Themen angesprochen und intensiv diskutiert. Er fühlte sich regelrecht in ihren Bann gezogen. Mit ihr konnte er nach Herzenslust lachen und herumblödeln. Sie hatte Ideale, war wissbegierig und offen für neue Gedanken, Ideen und Visionen. Sie spielte Klavier, dass die Tasten vor Freude auf und ab hüpften, als würden sie zur Musik tanzen.

„Wenn ich traurig oder einsam war, hat mir die Musik immer wieder Kraft gegeben."

Diese Worte von Rosetta gingen ihm lange im Kopf umher. Wie meinte sie das? Er konnte sich gar nicht vorstellen, dass Rosetta wirklich mal niedergeschlagen sein konnte. Da fiel ihm plötzlich ein, dass sie während des Vortrags von Joachim zuweilen regungslos – ihre Hände in den Schoß gelegt – auf ihrem Stuhl saß und aus weit geöffneten Augen vor sich hin starrte. Rosetta schien ein tiefes Wasser zu sein. Im Innersten ihres Herzens lagen Leidenschaften und Wünsche verborgen, von denen er nicht das Geringste ahnen konnte. Er lag bis weit nach Mitternacht im Bett, ohne einschlafen zu können.

Im Gegensatz zur vorherigen Nacht hatte er jedoch überwiegend positive Gedanken, die ihn vom Einschlafen abhielten. Nicht Angst, sondern gespannte Vorfreude auf das, was der morgige Schultag für neue Überraschungen bereithalten würde, dominierten seine Gedanken. Bevor er einschlief, erinnerte er sich noch an das, was ihm einmal sein Vater gesagt hatte, als er im Bett lag und kein Auge zutun konnte.

„Eine schlaflose Nacht ist immer eine lästige Sache. Aber sie ist erträglich, wenn man gute Gedanken hat."